AUG 2 0 2019

NORTH
Spanish
J Picture
Numer. L

SI LE DAS UN PANECILLO A UN ALCE

Por Laura Joffe Numeroff
Ilustrado por Felicia Bond
Traducido por Teresa Mlawer

A Laura Geringer Book

Harper Arco Iris
An Imprint of HarperCollins*Publishers*

Harper Arco Iris is a registered trademark of
HarperCollins Publishers, Inc.
If You Give a Moose a Muffin
Text copyright ©1991 by Laura Joffe Numeroff
Illustrations copyright © 1991 by Felicia Bond
Translation by Teresa Mlawer. Translation copyright © 1995 by
HarperCollins Publishers, Inc.
Printed in the U.S.A. All rights reserved.

Library of Congress Cataloging-in-Publication Data
Numeroff, Laura Joffe.
  [If you give a moose a muffin.   Spanish]
  Si le das un panecillo a un alce / por Laura Joffe Numeroff ;
ilustrado por Felicia Bond ; traducido por Teresa Mlawer.
       p.   cm.
  "Harper Arco Iris"
  Summary: Chaos can ensue if you give a moose a muffin and
start him on a cycle of urgent requests.
  ISBN 0-06-025440-8.
  [1.Moose—Fiction. 2. Spanish language materials.]
I. Bond, Felicia, ill. II. Mlawer, Teresa.   III. Title.
[PZ73.N85   1995]   94-37255
[E]—dc20   CIP
                                                         AC

        1 2 3 4 5 6 7 8 9 10
                       ❖
          First Spanish Edition, 1995

Para Alice y Emily.
Las mejores hermanas que
cualquiera quisiera tener.

L.J.N.

A Antoine, Nahem, Jennifer, Santos, Brian y Crystal

F.B.

Si le das un panecillo a un alce,

querrá untarle un poco de mermelada.

Sacarás del refrigerador el pote
de mermelada de moras
que hace tu mamá.

Cuando termine de comer el panecillo,
querrá otro.

Y otro.

Y otro.
Cuando no quede ninguno,
te pedirá que hagas más.

Tendrás que vestirte para
ir a la tienda a comprar harina.

Querrá acompañarte.

Tan pronto asome la cabeza por la puerta,
sentirá frío y te pedirá que le prestes un jersey.

Al ponérselo, se dará cuenta de que uno de los botones está flojo.

Te pedirá aguja e hilo.

Comenzará a coser el botón.
Éste le recordará a los títeres
que hacía su abuela.

Te pedirá que le des algunos calcetines viejos,

para hacer títeres.

Una vez que haya terminado,
querrá hacer un teatro de títeres.

Necesitará cartulina y pinturas.

Después, te pedirá que lo ayudes a hacer el decorado.

Una vez que el decorado esté terminado, se esconderá detrás del sofá, pero no podrá ocultar los cuernos

y te pedirá algo para cubrirlos.

Le llevarás una sábana de tu cama.

Al verla, se acordará que quiere ser
un fantasma el día de Halloween.

Se lo probará y gritará:

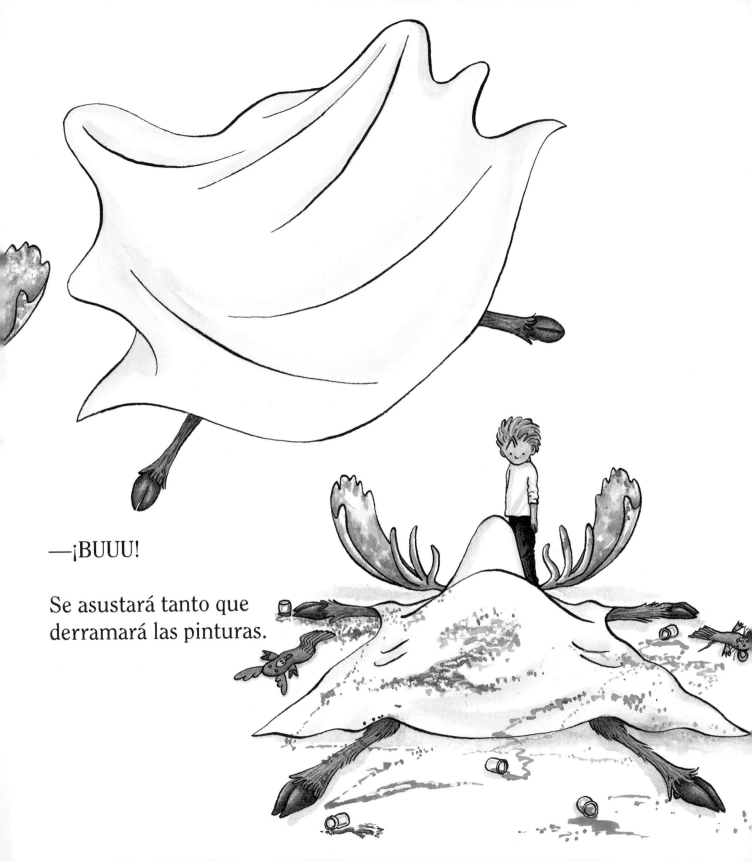

—¡BUUU!

Se asustará tanto que derramará las pinturas.

Utilizará la sábana para limpiar el piso.

Después, te pedirá jabón para lavar la sábana.

Y, luego, querrá tenderla para que se seque.

Saldrá al patio para colgarla
en la cuerda de tender ropa.

Una vez en el patio, verá los arbustos
de moras de tu mamá.

Las moras le recordarán
la mermelada que ella hace.

Seguramente, te pedirá
que le des un poco.

Y casi seguro . . .

que si le das mermelada,

querrá acompañarla con un panecillo.